von Reden

AF135621

# Frankreichs Staatshaushalt und Wehrkraft unter den letzten vier Regierungsformen

Anatiposi

von Reden

# Frankreichs Staatshaushalt und Wehrkraft unter den letzten vier Regierungsformen

Unveränderter Nachdruck der Originalausgabe von 1853.

1. Auflage 2023 | ISBN: 978-3-38205-194-5

Anatiposi Verlag ist ein Imprint der Outlook Verlagsgesellschaft mbH.

Verlag: Outlook Verlag GmbH, Zeilweg 44, 60439 Frankfurt, Deutschland
Vertretungsberechtigt: E. Roepke, Zeilweg 44, 60439 Frankfurt, Deutschland
Druck: Books on Demand GmbH, In de Tarpen 42, 22848 Norderstedt, Deutschland

14

# Frankreichs Staatshaushalt

## und

# Wehrkraft

unter den

## vier letzten Regierungsformen.

Eine statistische Skizze

vom

*Friedrich Wilhelm Otto Ludwig von*

## Freihr. von Reden, Dr.

Schlagt Euch nicht mein Herr, bevor Euere
Gläubiger befriedigt sind.

(Altes Trauerspiel.)

**Darmstadt.**

Hof-Buchhandlung von G. Jonghaus.

1853.

# Vorwort.

Die Tagespresse stritt hin und her über die Frage: ob der neue Kaiserthron in Frankreich ein Banner des Krieges oder eine Stütze des Friedens in Europa sein werde. Der größtmögliche Scharfsinn ist von beiden Seiten aufgeboten worden, um die Wahrscheinlichkeit der einen oder der andern Behauptung darzuthun. Allein zu einem der Gewißheit sich annähernden Ergebnisse konnte man deshalb nicht gelangen, weil die einzig sichern Grundlagen zur Entscheidung auch derartiger Fragen: — statistische Thatsachen, namentlich Zahlen — von der Tagespresse gewöhnlich vernachlässigt oder verunstaltet werden.

Der Statistiker muß die politischen Ereignisse und deren Folgen von einem andern Standpunkte aus beurtheilen und einen andern Maaßstab an dieselben legen, als die Tagespresse. Für ihn ist die erste Erwägung: ob die Frage statistischer Behandlung und Lösung fähig ist, d. h. ob Thatsachen vorhanden sind, deren statistische Benutzung zu einem der Gewißheit sehr nahen Ergebniß führen wird. Diese Erwägung im vorliegenden Falle, zeigt augenblicklich als eine zuverlässige Handhabe dazu, die Kriegskosten. Ohne Geld ist bekanntlich keine Kriegsführung möglich, selbst wenn man Soldaten im Ueberfluß hat. Ferner ist ohne neue Anleihen, oder ohne neue Steuern kein Geld zum Kriege zu erlangen; weil die Kriegsschätze längst verschwunden sind und an unverzinslichem Papiergelde nirgends Mangel ist. Kann man mithin mit genügender Bestimmtheit nachweisen, welchen

1*

Einfluß ein Krieg auf den Geldmarkt und welchen Einfluß die Bewegung des Geldmarkts auf den Haushalt der Staaten und der Privaten ausüben würde; so scheint damit zugleich die Frage über Krieg oder Frieden beantwortet. Denn wenn auch die Leitung der Staaten für Angelegenheiten der hohen Politik häufig einen andern Beurtheilungs-Maaßstab anlegt, als der Privatmann; so giebt es doch für Vermögensfragen, sobald dieselben so ernster Natur sind, daß die Fortdauer der staatlichen Ordnung unleugbar davon abhängig ist, nur einen Maaßstab für Alle. Das ist die gesunde Vernunft.

Wenn ich also in der nachfolgenden statistischen Skizze den Versuch mache \*), aus der Schwierigkeit der Gelderlangung zum Kriegführen und aus den Schrecknissen eines allgemeinen Krieges, für den Haushalt der Staaten wie für das Papier-Vermögen ihrer Angehörigen, — die Unmöglichkeit eines europäischen Krieges darzulegen; — so gehe ich dabei allerdings von der Voraussetzung aus, daß die Beurtheilung und Entscheidung dieser Frage, weder von gekränkter Eitelkeit noch von unbefriedigtem Ehrgeiz abhängig ist, weder aus dem Gesichtskreise dynastischer Interessen noch politischer Parteiungen erfolgt. Würde man dagegen einer dieser oder anderer Leidenschaften bei der Kriegsfrage Einfluß gestatten, so kann ich zwar darin Unrecht haben, daß ich die Erhaltung des Friedens für gesichert erachte. Allein meine zweite Behauptung, vom Staats- und Privat-Bankerott, geht um so gewisser in Erfüllung.

Frankfurt a. M., Mitte Dezember 1852.

**Frhr. von Reden, Dr.**

---

\*) Wie im Jahre 1846 in meiner Einladung zu einem Vereine für deutsche Statistik, 1849 in meinem Programm zur Finanz-Statistik, 1850 in meiner Adresse an den Friedens-Kongreß.

# Einleitung.

Frankreich enthält 52,768610 Hektaren oder 9616,90 geografische Quadratmeilen, d. i. 5,32 Prozent des Flächenraums von Europa. Seine Bevölkerung (allenthalben ohne Algier und die übrigen Kolonien) ist, nach der amtlichen Feststellung für Januar 1852, in 86 Departements, 363 Aronbissements, 2847 Kantonen und 36835 Gemeinden, 35,781628 Köpfe, was etwa 13 Prozent der Bewohner von ganz Europa ausmacht. Davon kommen auf eine Quadratmeile durchschnittlich 3720 Köpfe; die bedeutendsten Abweichungen hiervon in einzelnen Departements (ohne Berücksichtigung der großen Städte) sind 10510 und 1260 Köpfe. Von der jetzigen Bevölkerung gehören 17,792869 dem männlichen und 17,988759 dem weiblichen Geschlechte an. Die jährliche Zahl der neuen Ehen ist 270 bis 280000, mithin kommt im großen Durchschnitt 1 neue Ehe auf 128 Einwohner und nur 1 eheliche Geburt auf 3,25 neue Ehen. Auf je 36 Bewohner fällt 1 Geburt und auf je 24 derselben 1 Todesfall. Die Zunahme der Bevölkerung ist höchst unbefriedigend, denn sie betrug in dem neuesten fünfjährigen Zeitraume im Jahresdurchschnitt nur 0,21 Prozent. Dies ist um so bedenklicher, weil seit dem Anfange des neunzehnten Jahrhunderts ein regelmäßiges und sehr rasches Sinken des Prozentsatzes der Bevölkerungszunahme stattgefunden hat; nämlich von 1,28 Prozent auf obige 0,21 Prozent. Hätte dagegen die Bewohnerzunahme in Frankreich den früheren regelmäßigen Fortgang (gleich den übrigen Staaten von Mitteleuropa) gehabt, so würde dieses Land jetzt bereits über 41 Millionen Einwohner besitzen, also 5¼ Million mehr als in der Wirklichkeit.

Die Gesammtzahl der männlichen Bevölkerung vom 21. Jahre aufwärts beträgt etwa 4 Millionen, die Zahl der zur Kaiserwahl eingeschriebenen Wähler war 9,843076, also fast genau 55,50 Prozent aller Bewohner männlichen Geschlechts. In der Reihe der französischen Verfassungen seit 1791 war die am 14. Januar 1852 verkündete Konstitution die zwölfte, was im Durchschnitt genau auf jede fünf Jahre eine neue Verfassung bringt.

# I.

## Zur Statistik der Staatseinnahmen Frankreichs und seiner Einnahme-Abgänge (Defizit) unter den verschiedenen Regierungsformen.

Die Staatseinnahmen Frankreichs (d. h. die ordentlichen, aus regelmäßigen Zuflüssen erfolgenden Erträge) sind seit mehr als einem Menschenalter fast immer hinter den Ansprüchen der Ausgabe zurückgeblieben. Eine solche Regelmäßigkeit der Einnahme-Abgänge und der Budgetüberschreitungen wie in Frankreich bisher stattfand, hat kein anderer Staat aufzuweisen. Untersuchen wir, welches Regierungssystem darin besonders viel leistete, so ergibt sich Folgendes. Im Jahre 1816 war die ordentliche Staatseinnahme (wie überall in abgerundeten Zahlen) 879,060000 Franken, die sämmtlichen Ausgaben betrugen 1055,854000 Frk., mithin war ein Einnahme-Abgang von 176,794000 Frk., d. h. von 20,11 pCt. der Einnahmen vorhanden. Im Jahre 1829 betrug die regelmäßige Einnahme 993,280000 Frk.; die Ausgaben waren nach dem Finanzgesetze mit 975,703000 Frk. bewilligt, da sie aber später in der Wirklichkeit auf 1014,914000 Frk. stiegen; so fand eine Ueberschreitung des Budgets um 4 pCt. und eine Ueberschreitung der Einnahmen um 21,634000 Frk., oder 2,18 pCt. der Einnahme, statt. — Von 1816 bis Ende 1829 lieferten die ordentlichen Staatseinnahmen ein Gesammterträgniß von 13159,940000 Frk.; weil aber die sämmtlichen Ausgaben dieser Jahre auf 14427,674000 Frk. sich stellten, so mußten von den Ausgaben 1267,734000 Frk. oder 9,63 pCt. durch außerordentliche Mittel gedeckt werden. Von 1830 bis Ende 1847 beliefen sich die ordentlichen Einnahmen auf zusammen 20436,365000 Frk.; die Finanzgesetzsumme der Ausgaben binnen demselben Zeitraum war 21483,307000 Frk. Wirklich ausgegeben aber (nach den Rechnungsergebnissen) sind während dieser Orleanischen Regierung 23024,800000 Frk. Daraus folgt eine Ueberschreitung der Budgetsummen um 1541,493000 Frk. oder 7,17 pCt.;

sowie ein Einnahme a b g a n g von 2588,435000 Frk. oder 12,66 pCt., welcher außerordentlichen Deckungsmitteln zur Last fiel. Dies sind fast zwei Jahrgänge einer ordentlichen Einnahme des Staates, binnen siebenzehn Jahren nebenbei verbraucht. Die ordentlichen Einnahmen des Jahres 1847 allein waren 1334,767000 Frk., die vom Finanz- gesetz bewilligten Ausgaben 1458,723000 Frk., die wirkliche Aus- gabe aber 1708,660000 Frk., also 249,937000 Frk. mehr als be- willigt und 373,893000 Frk. mehr, als an ordentlichen Einnahmen vorhanden war. — Hiernach ist sehr begreiflich, daß die republikanische Regierung das v o n d e r Julidynastie übernommene De- fizit auf 655,135563 Frk. berechnen konnte, wovon sogar im An- fange des Jahres 1852 noch 292 Millionen ungedeckt waren. Die gewöhnlichen Entschuldigungen der Vertheidiger der orleanistischen Finanzwirthschaft — z. B. man habe durch Staatsbauten das materielle Wohl gefördert, man habe die konsolidirte Schuld stark getilgt — sind eben so wenig stichhaltig, als wenn man Jemand deshalb loben wollte, weil er f r e m d e s Geld zu nützlichen Zwecken verwendet, oder mit großen Kosten und zu gleichem Zinsfuße n e u e Schulden macht, um damit alte zu bezahlen. Seitdem hat das j ä h r l i c h e Defizit zwar sich verringert, indeß nicht so günstig als die folgenden Zahlen angeben; weil die Kunst der Gruppirung an die Stelle des früheren offenen Zugeständnisses getreten ist. Auch kommen unter den Deckungsmitteln der neuesten Finanzgesetze manche Einnahmeposten vor, die man keinenfalls zu den ordentlichen regel- mäßigen Erträgen zählen kann, z. B. von Veräußerung der Staatswaldungen, Kapitaleinzahlungen von Eisenbahngesellschaften. Sodann hat man schon seit 1848 die dem Tilgungsfonds bestimmten 78 Millionen jährlich ihrer Bestimmung entfremdet. Allerdings hat man im Jahre 1848 die Thorheit begangen, durch Schwächung der ohnehin unzureichenden ordentlichen Staatseinnahmen, eine rasch verflüchtigte Popularität zu erstreben. Man verringerte damals die Salzabgabe und den Posttarif, wodurch jährlich 57 Mill. Franken verloren gingen, ohne auf andere Weise ersetzt zu werden. Seitdem ist ferner die Grundsteuer um 27 Millionen erleichtert und durch Herabsetzung der Eintraggebühren für Quittungen und Obligationen sind 6 Millionen Franken aufgegeben. Erst in den Jahren 1851 und 1852 hat man angefangen diese und sonstige Ausfälle auf o r d e n t- l i c h e m Wege durch neue oder erhöhte Abgaben zu decken. — Mit

Hülfe dieser und der oben gedachten Operationen hat man schein=
bar die ordentlichen Einnahmen bedeutend vermehrt und ist
ferner dahin gelangt, das schließliche Defizit (d. h. nach Er=
schöpfung auch aller außerordentlichen Deckungsmittel) für 1848
zu 3 Millionen, 1849 zu 214 Millionen, 1850 zu 36 Millionen
hinzustellen, und bis Ende 1851 nur 630 Millionen Franken als
ungedeckt zu bezeichnen. Dies ist allerdings noch eine ansehnliche
Summe, wenn man aber die (schon durch manches künstliche Mittel
gesteigerten) ordentlichen Einnahmen mit der Gesammtausgabe
vergleicht, so wird die Lage ungleich nachtheiliger.

| | Ordentliche Einnahme. | Gesammtausgabe. | Defizit. |
|---|---|---|---|
| 1848 | 1201,036000 Frk. | 1757,595000 Frk. | 556,559000 Frk. |
| 1849 | 1437,617000 „ | 1631,113000 „ | 193,496000 „ |
| 1850 | 1426,186000 „ | 1467,200000 „ | 41,014000 „ |
| 1851 | 1371,380000 „ | 1434,634000 „ | 63,254000 „ |
| 1852 pp. | 1495,000000 „ | 1545,000000 „ | 50,000000 „ |

Dies ist für die fünf Jahre der Republik ein Einnahme=
abgang von zusammen fast genau 904 Millionen Franken, welche
durch außerordentliche Mittel gedeckt worden sind, oder noch wer=
den müssen.


## II.

### Zur Statistik der Staatsausgaben Frankreichs unter vier verschiedenen Verfassungsformen.

Die Bevölkerung Frankreichs (Alles in auf Tausende abge=
rundeten Zahlen), welche im Jahre 1816: 29,920000 Köpfe zählte,
war im Jahre 1830 auf 32,059000, also um 7,15 pCt. angewachsen;
bis 1848 hatte sie sich zu 35,475000, also um 10,65 pCt. gegen
1830 vermehrt; am 1. Januar 1853 wird die Volkszahl auf etwa
35,857000 Köpfe, mithin seit Anfang 1848 um 1,08 gestiegen sein.
Die Gesammtzunahme seit 1816 beträgt 19,88 pCt.

Der Werth der Einfuhren Frankreichs zum Verbrauch
(Commerce special, nach den amtlichen Schätzungspreisen von 1826)
war im Jahre 1816: 243 Mill. Franken, 1829: 483 Mill., also um 98,76
pCt. gewachsen; nach dem Durchschnitt von 1846/7 aber 948 Mill., mit=

hin Vermehrung seit 1829: 96,27 pCt.; im Jahre 1851: 781 Mill., also Abnahme 17,59 pCt., (jedoch wegen der besseren Entwickelung im Jahre 1852) bis 1. Januar 1853 nur etwa 10 pCt. Abnahme. Also Gesammtanwachs der Einfuhr Frankreichs zum eigenen Verbrauch seit 1816: 251,02 pCt.

Der Werth der Ausfuhr eigener Erzeugnisse war im Jahre 1816: 548 Mill. Frf.; 1829: 504 Mill., mithin Abnahme 8,03 pCt.; nach dem Durchschnitt von 1846/7: 872 Mill., also Zunahme 73,01 pCt.; im Jahre 1851: 1239 Mill., was eine Vermehrung von 42,09 pCt. und bis 1. Januar 1853 von 52,61 pCt. ergibt. Daher von 1816 bis 1853 Zunahme 142,88 pCt.

Die sämmtlichen ordentlichen und außerordentlichen Staatsausgaben Frankreichs (nach den Rechnungsfeststellungen), beliefen sich in den Jahren 1816 auf 1055,854000 Frf., bewegten von 1819 bis einschließlich 1827 (mit einziger Ausnahme des höheren Jahres 1823) sich zwischen 900 und 987 Mill. und haben seitdem die Milliarde immer überstiegen. Die Ausgabe von 1829 betrug 1014,914000 Frf., blieb also um 3,89 pCt. unter der Ausgabe von 1816. Das Jahr 1830 kostete der Staatskasse zwar nicht mehr als 1095,142000 Frf., jedoch war es nur deshalb so wohlfeil, weil dem Jahre 1831 mit seinen 1219,311000 Frf. ein Theil der Kosten der Revolution zur Last fiel. Seit 1834 (1063,559000 Frf.) begann man etwas zu sparen, allein diese flüchtige Neigung hörte schon wenige Jahre später auf, denn 1838 betrug die Ausgabe schon wieder 1135,185000, 1841: 1425,240000, 1845: 1489,432000, 1846: 1566,526000, 1847: 1708,660000 Frf.; was eine Zunahme von 68,35 pCt. seit 1829 ergibt. Das Erforderniß des Revolutionsjahrs 1848 war 1757,595000 Frf., des Jahrs 1849: 1631,113000 Franken; zusammen also kosteten beide Jahre 3388,708000 Frf., während die Jahre 1830 und 1831 nur 2314,453000 Frf. erforderten, also bedeutend wohlfeiler waren. — Im Jahre 1850 belief sich die Ausgabe auf 1467,200000 Frf.; die Ausgabe von 1851 ist etatmäßig zu 1434,634000 Frf. festgestellt. · Das Finanzgesetz vom 17. März 1852 enthält für 1852 als Gesammtausgabe 1503,399000 Frf., indeß ist diese Summe durch Aushülfkredite nachträglich um etwa 47½ Mill. Frf., mithin auf 1550½ Mill. Frf. erhöht, wird jedoch wahrscheinlich bis auf 1545,000000 Frf. wieder herabkommen, weil manche Kredite später ungültig erklärt sind. Hieraus ergibt sich, daß die konstitutionelle Regierung des Hauses Orleans schon im Jahre 1846 um 21,526000 Frk. oder 1,39 pCt., im Jahre 1847 sogar um 163,660000 oder 10,69 pCt., theurer war, als die soeben untergegangene Republik. — Wieviel das Kaiserthum bedürfen wird, ist kaum zu errathen. Ein Gesetz vom 8. Juli 1852 stellte zwar die Gesammtausgabe für 1853 zu 1485,013000 Frk. fest, allein seitdem sind bereits eine Menge neuer Verwendungen verfügt. Wenn man ferner die Dotationen sowie die sonstigen finanziellen Ausflüsse der kaiserlichen Würde auch nur mäßig anschlägt, so dürfte doch der Rechnungsabschluß von 1853 demnächst nicht unter 1560 Mill. Frk. sich feststellen; was freilich noch immer weit unter dem letztjährigen Verbrauche des Hauses Orleans bleibt. Denn 1560,000000 Frk. sind um 8,70 pCt. weniger als der Abschluß von 1847, dagegen um 0,97 pCt. mehr als die wahrscheinliche Ausgabe von 1852. Die Zunahme der Ausgaben aber seit 1816 beträgt 504,146000 Frk. oder 47,75 pCt.

Stellt man diese Verhältnißzahlen vergleichend zusammen, so ergibt sich Folgendes:

Prozentzunahme im ganzen Zeitabschnitt und in einem Durch-schnittsjahre desselben.

| Zeitabschnitt: | Bevölkerung. | Einfuhr z. Verbrauch. | Ausf. franz. Erzeugnisse. | Staats-Ausg. |
|---|---|---|---|---|
| 1816—30 (15 Jahre, Bourbonen-Regierung) . . . . . . | 7,15 (0,48) | 98,76 ÷ (6,58) | 8,03 ÷ | 3,89 |
| 1830—47 (17 Jahre, Orleans-Reg.) | 10,65 (0,63) | 96,27 (5,66) | 73,01 (4,29) | 68,35 (4,02) |
| 1848—52 (5 Jahre, Republik) | 1,08 ÷ (0,21) | 10,00 | 52,61 ÷ (10,52) | 8,70 |
| 37 Jahre, Frankreichs . . . . | 19,88 (0,54) | 251,02 (6,78) | 142,83 (3,86) | 47,75 (1,29) |

Im letzten Jahre jedes der obigen Zeitabschnitte kamen auf jeden Kopf der Bevölkerung Frankreichs im Durchschnitt Franken, und zwar von:

| | dem Werthe der Einfuhr. | dem Werthe der Ausfuhr. | der Staats-ausgaben. |
|---|---|---|---|
| 1829 | 15,06 | 15,72 | 31,66 |
| 1847 | 26,72 | 24,37 | 48,17 |
| 1852 | 23,78 | 37,12 | 43,09 |

## III.

### Zur Statistik des Landheers und der Kriegsflotte Frankreichs unter dessen verschiedenen Verfassungsformen.

#### I. Landheer.

Die Kopfzahl desselben war, — nach der zuverlässigsten Quelle, nämlich den Kostenrechnungen oder den Budgetsetats — wie folgt:

1803 — 414000 Mann, mit inbegriffen 18700 Offiziere, jedoch ohne den Generalstab und die Kaisergarde (7658 Mann); zusammen also etwa 422000 Köpfe.

1808 am 13. Februar 754668 Mann, wogegen General Foy nur 620000 angibt.

1812 August 880631 Mann, worunter wahrscheinlich einige Hülfs-kontingente.

1814 12. Mai nur 267411 Mann.

1815 vom 1. Juni bis 16. Juli 559000 Mann, wovon jedoch nur 363000 Mann Linientruppen.

1818 Friedensfuß nach dem Gesetze vom 10. März 240000 Mann, bis dahin nur etwa 118000.

1825 27. Februar Kriegsfuß 390337, Friedensfuß 282347 Mann. Damals war die Zahl der Offiziere und Unteroffiziere so un-verhältnißmäßig stark, daß ein Befehlender auf 3 Gemeine kam.

1829 nach dem Budgetbericht des Ministers am 1. Juni unter den Waffen 281000 Mann. Der Effektivstand nach dem großen Friedensetat sollte damals 231957 Köpfe sein. Davon standen zu Anfang des Jahrs etwa 27000 in Morea, Spanien und den französischen Kolonien.

1840 brachten die Kriegsgelüste des Herrn Thiers den wirklichen Stand des Heeres auf 411954 Köpfe, wovon 344385 in Frankreich und 67569 in Algier. Allein schon im Jahre

1841 geschah, durch Einziehung einer Kompagnie von jedem Ba-taillon des Fußvolks, eine Herabsetzung jenes Bestandes auf 382689 Mann (also noch immer 100000 mehr als 1829), wovon 305278 in Frankreich (50000 mehr als 1829) und 77411 in Algier.

1848 am 1. Januar (nach der Entlassung von 52809 Mann der Klasse von 1840) hatte die aktive Armee einen wirklichen Stand von 377128 Köpfen, war also fast genau so stark als im Jahre 1841; jedoch standen davon nur 285507 in Frankreich, dagegen 91621 in Algier. Die Reserve außerdem war 86312 Köpfe stark, wovon aber nur etwa 49000 bereits gedient hatten. — Damals gab es in Frankreich für den täglichen ordentlichen Dienst 3533 Infanterie-Wachtposten, zu deren Versehung allein ein Heer von 127188 Mann erforderlich gewesen sein würde, wenn man die Vorschriften des Gesetzes vom 10. Juli 1791 befolgt hätte, wonach der Soldat jede Woche sechs Nächte in seinem Bette zubringen sollte.

1848 im Mai erklärte der Kriegsminister in der Nationalversammlung, die Republik sei im Stande etwaigen Feinden einen Effektivstand von 500000 Mann Infanterie (mit Einschluß der Reserve), 85000 Mann Kavallerie und 200000 Mobilgarden entgegen zu stellen.

1848 am 1. September, nach einer amtlichen Darstellung des Kriegsministers, bestand das Landheer aus 502621 Mann unter den Waffen und 14916 Mann Reserve; von welcher Letzteren jedoch gesagt wird, daß sie nur aus solchen Personen bestehe, die nicht unter die Fahne gerufen werden könnten.

1849 Mai, nach amtlicher Angabe, 452116 Mann mit 95024 Pferden. Davon kamen auf das Fußvolk 275686, auf die Reiterei 60261, auf die Artillerie 36491, auf das Geniewesen 10188, auf den Train 11339, auf die Gendarmerie, Veteranen und Disziplinarkorps 30587 und auf die Fremdenlegion 6000 Mann; der Offiziere aller Waffengattungen zählte man 17625. Vertheilt war diese Streitmacht wie folgt: Afrika 71000, Italien 13000, Alpenarmee 70000, Armee von Paris 60000, Bestand der übrigen Militärdivisionen in Frankreich 242116 Mann. Nach den Reduktionen im Budget sollte die Armee um 42460 Mann vermindert werden. Die Budgetkommission suchte sogar nachzuweisen, daß ein Friedensetat von 260000 Mann für Frankreich und Algier vollkommen genüge. Die Junibotschaft des Präsidenten enthält eine noch ungleich glänzendere Schilderung der Streitkräfte

Frankreichs. Sie wurden damals von Louis Napoleon zu 4,000000 Nationalgarden, wovon 1,200000 mit Gewehren bewaffnet, nebst 500 Kanonen, 451000 Mann Linientruppen, 93754 Pferden und 16495 Feuerschlünden, wovon 5139 Feldgeschütze, angegeben. Indeß bekommt man eine etwas geringere Meinung von der wirklich verfügbaren Mannschaft, wenn man aus den Verhandlungen in der Nationalversammlung im November 1849 erfährt, daß die wirkliche Waffenstärke des Landheeres nur 388824 Mann mit 92410 Pferden betrug, obgleich die obigen Zahlen auf dem Papiere abermals stehen.

1850 wollte im Juli die Budgetkommission den Effektivbestand, vom Budgetetat für 1850 (377130 Mann und 83435 Pferde) auf 347830 Mann mit 83878 Pferden beschränken, drang aber damit nicht durch, denn nach der Novemberbotschaft des Präsidenten war damals der wirkliche Stand sogar 396000 Mann Infanterie und 87400 Mann Kavallerie, zusammen also 483000 Köpfe.

1851 nach dem Ergänzungsvotum der Nationalversammlung vom 7. August mußte der wirkliche Bestand des französischen Landheers 400000 Köpfe sein, nämlich 331570 als Ergebniß der Aushebungen der Altersklassen 1844 bis einschließlich 1850 und 68430 für Offiziere und Mannschaft, welche nicht von Aushebungen herstammt. Indeß war, nach dem Jahresbericht des Präsidenten der Effektivstand am 1. Oktober 1851 nur 387519 Mann mit 84306 Pferden und wenn eine neuere amtliche Angabe (in der bekannten Note des „Moniteur" vom 17. November 1852) die Waffenstärke am 1. Januar 1852 zu 400594 Köpfen angibt, so ist dies um so weniger erklärlich, weil am 1. Januar 1852 die Altersklasse 1844 (mit 10160 Mann) bereits entlassen sein mußte und die Altersklasse von 1851 damals noch nicht unter den Waffen war. Einigermaßen aufgeklärt wird dieser Widerspruch durch Folgendes: Die Nationalversammlung hatte (in ihrer Sitzung vom 12. November 1851) einen Effektivstand von 368794 Mann mit 84935 Pferden bewilligt, also weniger als die Waffenstärke von 370177 Köpfe, auf welche seit dem 1. Dezember 1852 (als Beweis friedlicher Gesinnungen) die Truppenzahl zurückgeführt ist. Die Nationalversammlung also hatte bereits die Reduktion vorgenommen, als nach dem 2. Dezember 1851 der Prinz=Präsident durch verschiedene Dekrete die Zahl der Mannschaft um 1724, der Pferde um 1507 vermehrte und außerdem 30000 Mann unter den Waf= fen behielt, die (nach den Beschlüssen der Nationalversamm= lung) im Dezember hätten entlassen werden müssen. Durch diese Maßregeln des Prinz=Präsidenten stellte der Ef= fektivstand des Heeres am 1. Januar 1852 sich auf 400518 (nicht 400594 wie der „Moniteur" am 19. November 1852 sagt) Mann und 86442 Pferde. Dieselben Zahlen sind dem Effektivetat für 1853 zum Grunde gelegt und das Heer ist so vertheilt, daß 331065 mit 71827 Pferden die Armee von Frankreich und 69453 mit 14615 Pferden das Heer von Algier bilden. Für die 30000 Mann, welche über ihre Zeit unter den Fahnen gehalten waren und am 1. Dezember 1852 entlassen sind, tritt am 1. Januar 1853 die Altersklasse von 1852 mit etwa 40000 Mann ein. Bei den Geldbewilligungen für das Jahr 1853 sind für den Effektivstand des s. g. Heeres des Innern (nach den mir sämmtlich vorliegenden Einzeletats) nachbezeichnete Kopfzahlen zum Grunde gelegt:

### a. Mannschaft.

| | Kopfzahl. | pCt.=Anth. |
|---|---|---|
| 1. Offizierkorps . . . . . . . . . | 16786 | 4,98 |
| 2. Unteroffiziere und ihnen gleiche Militär= beamte . . . . . . . . | 24213 | 7,18 |
| 3. Korporäle und Brigadiers . . . . | 28719 | 8,50 |
| 4. Soldaten außer der Waffenreihe, Trommler, Trompeter . . . . . | 23171 | 6,87 |
| 5. Enfants de Troupe . . . . . . | 4397 | 1,30 |
| Zusammen 1—5 . . . | 97286 | 28,83 |
| 6. Soldaten . . . . . . . . . . | 240198 | 71,17 |
| Gesammtsumme der Mannschaft. . . | 337484 | 100. |

### b. Pferde.

| | Kopfzahl. | pCt.=Anth. |
|---|---|---|
| 1. Offizierpferde . . . . . . . . | 6509 | 9,06 |
| 2. Trupppferde (Reit= und Zugpferde) . | 65318 | 90,94 |
| Gesammtsumme der Pferde . . . | 71827 | 100. |

Nach den Waffengattungen vertheilt, kommen auf:

|  | pCt.-Anth. |
|---|---|
| Fußvolk . . . . . . . . | 64,60 |
| Reiterei . . . . . . . . | 17,20 |
| Artillerie . . . . . . . | 12,20 |
| Genie . . . . . . . . | 2,80 |
| Militärequipagen . . . . . | 3,00 |
| Veteranen . . . . . . . | 0,20 |

Nach den Korps geschieden kamen von der Armee des Innern auf:

|  | Menschen. | Pferde. |
|---|---|---|
| 1. Generalstäbe . . . . . . | 3442 | — |
| 2. Gendarmerie . . . . . . | 21759 | 13517 |
| 3. Fußvolk . . . . . . . | 214203 | — |
| 4. Reiterei . . . . . . . | 56047 | 44397 |
| 5. Artillerie . . . . . . . | 28663 | 11788 |
| 6. Genie . . . . . . . . | 6788 | 156 |
| 7. Militärequipagen . . . . | 1894 | 1969 |
| 8. Veteranen . . . . . . . | 1794 | — |
| 9. Verwaltungsdienst . . . . | 2894 | — |
| Zusammen wie oben . . . | 337484 | 71827 |

Die etwas geringeren Zahlen des Effektivstandes erläutern sich durch die zufälligen augenblicklichen Vakanzen, für welche bei den Truppen der 45ste, bei der Gendarmerie der 90ste Mann abgerechnet ist. — Eine Kompagnie der Linien-infanterie besteht in Frankreich aus 3 Offizieren, 6 Unter-offizieren, 8 Korporälen, 3 Trommlern, Hornisten, Soldaten-kindern und 67 Soldaten, zusammen 87 Köpfen; ein Regi-ment von 3 Bataillonen zu 8 Kompagnien', zählt mit dem Stabe 2229 Köpfe, wovon etwa 150 Nicht-Streiter. Eine Schwadron zählt:

| | Linien-Reiter. | | Leichte Reiter. | |
|---|---|---|---|---|
| | Mann. | Pferde. | Mann. | Pferde. |
| Offiziere . . . . . | 7 | 9 | 7 | 9 |
| Unteroffiziere . . . . | 8 | 8 | 8 | 8 |
| Brigadiere und Schmiede | 16 | 15 | 16 | 15 |
| Trompeter u. Soldaten- kinder . . . . . | 6 | 4 | 6 | 4 |
| Soldaten . . . . . | 150 | 118 | 160 | 123 |
| Eine Schwadron . . | 187 | 154 | 197 | 159 |
| Mithin ein Regiment von 5 Schwadronen, den Stab eingerechnet . | 1010 | 801 | 1060 | 826 |

(wovon etwa 75 Nicht-Streiter).

Ein Regiment Artillerie zählt, mit Einschluß des Stabes, 1817 Menschen (wovon mindestens 200 Nicht-Strei- ter) und 735 Pferde; ein Genieregiment 2211 Mann. —

Vergleicht man die Heeresstärke der wichtigsten Zeitabschnitte mit der gleichzeitigen Bevölkerung, so ergeben sich folgende Prozentsätze für den Antheil des Heeres an der Bewoh- nerzahl:

| | |
|---|---|
| 1803 . . . . . . . . . . | 1,50 |
| 1812 . . . . . . . . . . | 2,86 |
| 1818 . . . . . . . . . . | 0,39 |
| 1829 . . . . . . . . . . | 0,87 |
| 1840 . . . . . . . . . . | 1,24 |
| 1848 (1. Januar) . . . . . . | 1,06 |
| 1849 . . . . . . . . . . | 1,27 |
| 1851 (vor dem 2. Dezember) . . . | 1,03 |
| 1852 (1. Januar) . . . . . . . | 1,12 |
| 1853 . . . . . . . . . . | 1,14. |

Man entnimmt hieraus, daß Napoleon I. über die Grenzen, welche die deutsche Bundes-Militärpflicht vorzeichnet, weit hin- ausgegangen ist; daß die Dynastie der Bourbonen dahinter weit zurück blieb; daß König Ludwig Philipp sich nahezu daran ge- halten hat; daß die Republik nur im Augenblick einer kriegerischen Aufwallung sich über den Friedensmaßstab verstieg, und daß endlich auch Napoleon III. innerhalb der Matrikular-Schranken des deutſchen Bundes ſich bewegen will. Alle obige Verhältnißzahlen würden ſogar noch etwas niedriger, wenn man von dem Heeres= beſtande (wie in andern Staaten) beziehungsweiſe 14000,16000,22589 Köpfe der Gendarmerie abzöge und auf der andern Seite min= deſtens einen Theil der Bewohner Algiers, der Bevölkerungs= ſumme zuſetzte.

Noch einige Mittheilungen über die Koſten des Landheers zu verſchiedenen Zeiten (1829 und 1847 nach den Rechnungsab= ſchlüſſen, 1852 und 1853 nach den Voranſchlägen).

|  | 1829 | 1847 | 1852 | 1853 |
|---|---|---|---|---|
| a. ordentlicher Dienſt | 219,240000 | 350,244000 | 325,528000 | 320,303000 |
| (darunter für die Gendarmerie.) . | (16,533000) | (23,633000) | (28,803000) | (28,933000) |
| davon die Koſten der Verwaltung v. Algier mit . . . |  | 16,598000 | 13,476000 | 14,013000 |
| bleiben . . . . |  | 333,646000 | 312,052000 | 306,290000 |
| dazu die Penſionen | 46,200000 | 39,151000 | 39,700000 | 38,150000 |
| Zuſammen a . | 265,440000 | 373,797000 | 351,752000 | 344,440000 |
| b. außerord. Dienſt |  | 24,055000 | 3,354000 | 3,398000 |
| Zuſammen a und b | 265,440000 | 397,852000 | 355,106000 | 347,838000 |
| oder Proz. aller Ausg. | 25,82. | 23,28. | 22,99. | 22,30. |

Vergleicht man die Endſummen des ordentlichen Dienſtes mit der Kopfzahl des Effektivbeſtandes des Landheeres, ſo fallen auf ein Kopf durchſchnittlich Franken Fl. rhein.

| | Franken | Fl. rhein. |
|---|---|---|
| 1829 . . . . | 944,5 | 440,77 |
| 1847 . . . . | 991,5 | 462,70 |
| 1852 . . . . | 877,1 | 409,31 |
| 1853 . . . . | 858,9 | 400,82 |

(Der Moniteur de l'armée berechnete 1849, daß ein Gemeiner der Linien=Inf. im Durchſchnitt jährlich 350 Frk. 163,33 Fl. rhein. koſte).

Es iſt immerhin bemerkenswerth, daß in Frankreich ſeit 1847 die Ausgabe für das Landheer, ſowohl im Ganzen als nach dem Durchſchnittsſatze, abgenommen hat, während man in faſt allen andern Staaten Europa's das Gegentheil wahrnimmt. Würde man die Koſten der Gendarmerie ausſcheiden, ſo träte die Erſparung noch ſtärker hervor. Alles begreiflich unter der Vorausſetzung, daß der Kriegsminiſter mit den für 1852 und 1853 veranſchlagten Summen ausreicht.

## II. Kriegsflotte.

In den Considérations sur la Marine von Tupinier, Paris 1841; in dem Précis historique de la Marine française von Chasseriau, Paris 1846; in den Berichten der Marineminister von 1820, 1837 und 1845/46, welche durch den Moniteur veröffentlicht sind; in dem unter dem 30. Juli 1844 von Ch. Dupin der Pairs-kammer erstatteten Kommissionsberichte u. s. w. findet sich so viel vor-trefflicher Stoff, daß nur die Auswahl, für den Zweck einer kurzen vergleichenden statistischen Skizze, etwas schwierig war.

Die französische Kriegsmarine fand schon in Ludwig XIV. eine kräftige Stütze. Im Jahre 1692 besaß Frankreich 131 Linienschiffe, 33 Fregatten und 101 sonstige Kriegsschiffe; 60000 Matrosen stan-den auf den Kadren der Marine. Von 1670 bis zu Ende des siebenzehnten Jahrhunderts wurde manche für die Waffen Frankreichs ehrenvolle Seeschlacht geliefert. Ludwig XV., in allen Regierungs-handlungen schwach, ließ auch die Kriegsflotte so sehr herabkommen, daß sie 1773 nur noch 66 Linienschiffe, 36 Fregatten und 48 sonstige Fahrzeuge zählte. Der Einfluß des Unabhängigkeitskrieges in Nord-amerika brachte den Bestand im Jahre 1779 wieder auf 78 Linien-schiffe, 69 Fregatten und 117 kleinere Kriegsfahrzeuge; allein die günstige Zeit zur Behauptung des Uebergewichts zur See war be-reits verflossen. Ungeachtet großer Anstrengungen einiger re-publikanischer Verwaltungen und ungeachtet der noch bedeutenderen Verwendungen Napoleon I. blieben die Erfolge bei weitem unter den Erwartungen, welche man gehegt hatte. Zwar zählte die franzö-sische Kriegsflotte (mit Einschluß der Marine der einverleibten Län-der) im Jahre 1813: 71 Linienschiffe, 49 Fregatten und 691 ge-ringere Kriegsschiffe; außerdem auf den Werften 42 Schiffe, 21 Fregatten und 265 sonstige Fahrzeuge für die Kriegsflotte. Auch bedurfte das Marine-Ministerium damals 125 Millionen Franken. Allein es scheint als ob Napoleon nicht verstanden hat, der Flotte denjenigen Geist einzuhauchen, welcher seine Landheere so lange un-überwindlich machte. Unter den Bourbonen verfiel die Kriegsflotte wie alles, was unter ihre Hände kam, obgleich jährlich 45 Millionen Franken in die Marinekasse flossen und lediglich dem Minister Por-tal ist zu danken, daß sie ihrem völligen Verderben entging. Er forderte im Jahre 1820: 65½ Millionen als künftige Normal-

2*

summe des jährlichen Aufwandes (wovon 6,258000 auf die Kolonieen und 435000 auf die Galeerensträflinge kamen); allein die Kammern bewilligten nur 50 Millionen, für 1821: 53, für 1822: 60 Millionen Franken. Die wirklichen Ausgaben aber betrugen 1820: 47,385964, 1822: 60,818103, 1825: 62,350448 Franken. Damals waren 7 Linienschiffe, 26 Fregatten und 126 andere Fahrzeuge mit 16849 Mann in See. Zu jener Zeit fanden auch die einzigen Geschwaderübungen von 1815 bis 1840 statt. Ein Zusammentreffen verschiedener Ereignisse bewirkte, gegen das Ende der Regierung der älteren Bourbonen, daß das Bedürfniß einer Kriegsflotte lebhafter empfunden wurde. Die Vorgänge in der Levante, welche die Schlacht bei Navarin herbeiführten; die Streitigkeiten mit der Regentschaft Algier, deren Ende die Eroberung dieses Landes war; die Expedition nach Brasilien, welche zur Erledigung der Beschwerden führte u. s. w.; brachten zu Anfang des Jahres 1830 den Stand der Flotte auf 33 Linienschiffe, 40 Fregatten 213 sonstige Kriegsfahrzeuge. Davon waren im Hafen von Toulon allein zur Expedition nach Algier 11 Schiffe, 25 Fregatten, 36 Korvetten u.s.w., 28 Lastschiffe und 7 Dampfschiffe versammelt. Die Ausgabe des Marineministeriums war im Jahre 1830: 91,146465 Franken, fiel dann 1835 auf 62,333701, ist aber von da ab sehr rasch gestiegen, z. B. 1840 als Herr Thiers mit Krieg drohte, auf 98,943215 Frk., 1841 ungeachtet der Wiederkehr friedlicher Gesinnungen, auf 125,181434 Frkn.; 1842 sogar auf 136,383698 Frkn., obgleich man nur 20 Linienschiffe, 36 Fregatten und 220 sonstige Fahrzeuge verfügbar hatte. — Der Normaletat von 1820 hatte die Zahl der in See, oder doch im völlig ausgerüsteten Zustande befindlichen Kriegsfahrzeuge zu 40 Linienschiffen, 50 Fregatten und 80 kleineren Fahrzeugen festgestellt (eine k. Ordonnanz vom 10. März 1824 ging schon etwas weiter); indeß wurde dieser Etat fast in keinem Jahre erreicht, obgleich es an bedeutenden Kreditüberschreitungen nicht fehlte, weil die Bewilligungen mit den Anforderungen nicht im richtigen Verhältniß standen. Man fühlte, daß die Umstände sich änderten, wozu die Einführung der Dampfkraft (seit 1822 in der französischen Marine) viel beigetragen hat. Deßhalb wurden mittelst der Ordonnanz vom 1. Februar 1837 neue Vorschriften erlassen, welche zwar den Friedensstand zu 53 Linienschiffen und 66 Fregatten feststellten, jedoch thatsächlich die Wehrkraft verringerten, weil davon nur 20 Linienſchiffe und 25 Fregatten ſegelnd oder ſegelfertig ſein ſollten; ferner (ſämmtlich fertig) 30 Korvetten von drei Klaſſen, 50 Briggs von zwei Klaſſen, 50 leichtere und 50 Transport = Fahrzeuge; ſodann 70 Dampfboote (alle ausgerüſtet), wovon 20 Fregatten zu 540 und 450 Pferdekraft, 20 Korvetten zu 320 und 220 Pferdekraft und 30 Dampfſchiffe zu 160 und geringerer Pferdekraft. Die Regiſter der Eintragung für den Seedienſt enthielten damals 10718 Kapitäne, Seeoffiziere, Steuermänner, Lootſen, 4468 Marineoffiziere, 48693 Matroſen, 16793 Jungmatroſen, 12258 Schiffjungen, zuſammen alſo 92930 Seeleute; ferner 9668 Marinearbeiter mit 2033 Lehrlingen. Jenem Normaletat vom 1. Februar 1837 waren beiſpielsweiſe nachſtehende Koſtenanſchläge zum Grunde gelegt (in Franken):

| | Schiffskörper. | Ausrüſtungs= Gegenſtände. | Artillerie. |
|---|---|---|---|
| 1) Linienſchiffe von 4 Rangklaſſen | 1,280000 bis 955000 | 902000 bis 576000 | 380000 bis 270000 |
| | 2,562000 bis 1,801000. | | |
| 2) Fregatten von 3 Klaſſen | 659000 bis 400000 | 500000 bis 328000 | 192000 bis 117000 |
| | 1,351000 bis 845000. | | |
| 3) Korvetten von 3 Klaſſen | 198000 bis 123000 | 201000 bis 123000 | 67000 bis 34000 |
| | 466100 bis 280000. | | |
| 4) Briggs von 2 Klaſſen | 139000 und 97000 | 139000 und 101000 | 40000 und 28000 |
| | 318000 und 226000. | | |

Hiervon iſt der Prozentantheil:

| | des Schiffs=körpers. | der Aus=rüſtung. | der Artillerie. |
|---|---|---|---|
| Bei den Linienſchiffen | 49,96—53,03 | 35,21—31,98 | 15,77—14,99. |
| „ „ Fregatten | 48,78—47,34 | 37,01—38,82 | 14,21—13,84. |
| „ „ Korvetten | 42,51—43,93 | 43,12—43,93 | 14,37—12,14. |
| „ „ Briggs | 43,71—42,92 | 43,71—44,69 | 12,58—12,39. |

Bei der demnächſtigen Ausführung aber ſind dieſe Preiſe ſtets um 20 bis 22 pCt. überſchritten.

Schon im Jahre 1846, durch Ordonnanz vom 22. November, wurde ein neuer Friedens=Normaletat des Flottenbeſtandes feſtgeſetzt, wonach dieſelbe beſtehen ſollte aus: 40 Linienſchiffen (wo= von 24 flott), mit 120 bis 75 Kanonen, 50 Fregatten (wovon 40 flott), mit 60 bis 32 Kanonen, 40 Korvetten mit 30 bis 14 Kanonen, 50 Briggs mit 20 bis 8 Kanonen, 30 leichtere Kriegs= und 16

Transport=Fahrzeuge; sobann 102 Kriegs = Dampfboote, nämlich: 10 Fregatten zu 600 bis 450 Pferdekraft mit 30 bis 20 Kanonen; 20 Korvetten erster Klasse zu 400 bis 320 Pferdekraft mit 12 bis 8 Kanonen; 20 Korvetten zweiter Klasse zu 300 bis 220 Pferdekraft mit 6 bis 4 Kanonen; 50 zu sonstigen Marinezwecken und 2 schwimmende Batterien zu 500 und 400 Pferdekraft mit 50 und 40 Feuerschlünden.

Der bei der Budgetberathung für den Etat von 1848 vorgesehene Bestand war: 14 Linienschiffe, 11 Fregatten, 26 Korvetten, 35 Briggs, 29 leichtere Kriegsschiffe und 24 Transport=Fahrzeuge; dann 66 Dampfboote von zusammen 14770 Pferdekraft; zusammen 216 Fahrzeuge mit 29998 Mann besetzt. Der Stand der Eintragung in die Marinelisten war: 118403 Personen, also bedeutend mehr als 1837, nämlich: 11280 Kapitäne, Steuermänner, Lootsen, Seeoffiziere, 5410 Offiziere der Marinetruppen, 61507 Matrosen, 23373 Jungmatrosen, 16794 Schiffsjungen; ferner 11236 Marinearbeiter und 1931 Lehrlinge.

Die dem Budget für 1853 zum Grunde gelegten Bestandzahlen sind für die ausgerüsteten Schiffe 168 und zwar 59 Segelschiffe (4 Linienschiffe von 100 Kanonen, 8 Fregatten, 8 Korvetten, 10 Briggs, 10 leichte und 19 Transportschiffe), 66 Dampfschiffe (1 zu 90 Kanonen, 9 Fregatten, 16 Korvetten, 40 Aviso's) und 5 gemischte Schiffe (3 Linienschiffe, 1 Fregatte, 1 Aviso). Dazu kommen ferner 38 für den Hafendienst bestimmte Schiffe, nämlich 18 Segelschiffe (7 Linienschiffe, 9 Fregatten, 2 Korvetten), und 19 Dampfer (9 Fregatten, 6 Korvetten, 4 Aviso's und eine gemischte Korvette; 159 Schiffe (also fast die Hälfte) sind entwaffnet, wovon 126 Segel=, 31 Dampf= und 2 gemischte (d. h. für Dampf= und Segelkraft eingerichtete) Fahrzeuge. Der Gesammtwerth der Körper dieser 327 Schiffe ist 125,218000 Franken; die bewaffneten Schiffe sind mit 3452 Kanonen besetzt; die Dampfschiffe haben 23440 Pferdekraft. Der Dienst umfaßt die Stationen in der Levante, an der Westküste von Afrika, in Island und Terre=Neuve, bei den Antillen und im merikanischen Golfe, in Brasilien und am Plata, an der Westküste von Amerika, in Ozeanien, China und bei der Insel de la Réunion; ferner den örtlichen Bedarf der Kolonien, die Ueberwachung der Fischerei an der eigenen Küste, so wie jener an der Ostküste von England und Schottland; den Truppentrans=

port und die Beförderung der Korrespondenz zwischen den Häfen des Mittelmeeres und Algerien. Auch wird ein Uebungsgeschwader in Thätigkeit treten, und es sollen die Schiffe der Station im stillen Meere und des östlichen Ozeans zu Weltumseglungen verwendet werden. Abgesehen von der im wirklichen Dienste befindlichen Flotte werden im Jahre 1853 11 neue Schiffe auf die Werften kommen, darunter 7 Dampfer, wovon 2 Linienschiffe mit 90 Kanonen. Auf den Werften befinden sich bereits 40 verschiedene Kriegsfahrzeuge von 34,906000 Franken Schiffskörperwerth.

Die Marine zählt (ohne den in Aussicht stehenden Groß = Admiral) 2 Admirale (welche den Rang eines Marschalls haben), 10 Vize = Admirale (Rang eines Generallieutenants), 20 Kontre = Admirale (Rang eines Brigadegenerals), 110 Linienschiffskapitäne, 230 Fregattenkapitäne, 650 Schiffslieutenante und 550 Unterlieutenante und 300 Kadetten, zusammen 1374. Die Mannschaft ist zwar im Budget auf 27000 Köpfe festgesetzt, jedoch befindet sich darunter ein Theil der Marinesoldaten mit begriffen.

Die Infanterie der Marine in Frankreich und den Kolonien besteht aus 483 Offizieren und 11868 Unteroffizieren und Gemeinen; die Artillerie der Marine begreift 154 Offiziere und 2971 Unteroffiziere u. s. w.; die Marine = Gendarmerie wird von 17 Offizieren und 305 Unteroffizieren u. s. w. gebildet.

Aus einer Vergleichung der Zahlen von 1846 und 1853 ergibt sich, daß der durch die Ordonnanz vom 22. November 1846 festgesetzte Normalbestand nicht nur in kürzerer Zeit, als damals beabsichtigt wurde, erreicht, sondern theilweise sogar schon überschritten ist. Diese Ziffern gewinnen eine noch ungleich höhere Bedeutung, wenn man die maritime Lage Frankreichs mit in Betracht zieht und wenn man daneben die Anstrengungen erwägt, welche zur technischen Vervollkommnung und zur Verbesserung der Verwaltungseinrichtungen der Kriegsflotte von der jetzigen französischen Regierung gemacht werden. — Den Beschluß dieses Artikels möge eine vergleichende Zusammenstellung des Ausgabebedarfs für die Kriegsflotte zu verschiedenen Zeiten machen, wovon Alles ausgeschieden ist, was auf die Kolonialverwaltung (in demselben Ministerium vereinigt) sich bezieht.

| a) Ordentli= | 1829 | 1847 | 1852 | 1853 |
|---|---|---|---|---|
| cher Dienst | 72,218000 | 109,649000 | 93,464000 | 93,414000 |
| und für Algier | — — | 534000 | 532000 | 532000 |
| (vom Budget des Kriegsministeriums). sodann für Pen= sionen u. s. w. aus der besonders ver= walteten Marine= Invaliden = Kasse (nach Absatz jedoch der durch Prozentab= züge am Marine= budget gedeckten Ausgaben, Budget für 1853, Bd. II. S. 223) . . pp. | 1,500000 | 5,300000 | 4,800000 | 4,850000 |
| Zusammen a) . . | 73,718000 | 115,483000 | 98,796000 | 98,796000 |
| b) außerordent= licher Dienst . | — — | 19,281000 | 2,405000 | 2,405000 |
| Zusammen a) u. b) | 73,718000 | 134,764000 | 101,201000 | 101,201000 |
| oder Prozente aller Staatsausgaben . | 7,18 | 7,88 | 6,55 | 6,49 |

# IV.

## Zur Statistik der Staatsschuld Frankreichs unter seinen verschiedenen Regierungsformen.

In Frankreich wie anderwärts hat man, zur Deckung des die regelmäßigen Staatseinnahmen übersteigenden Ausgabebedürfnisses gewöhnlich zwei Wege eingeschlagen. Entweder man hat eine schwe= bende Schuld (dette flottante) geschaffen, d. h. durch Anleihen mit dem Rückzahlungsversprechen binnen bestimmten und kurzen Terminen, ohne irgend eine Form sonstiger Sicherung. Oder man hat die Anleihe in das große Buch der Schuld eingetragen, sie an der Wirksamkeit des Tilgungsfonds theilnehmen lassen und nunmehr ewige, gesicherte oder begründete Schuld (dette perpétuelle, inscrite ou consolidée) genannt. Diese konsolidirte Schuld besteht aber nicht aus einem Kapitale, dessen Rückzahlung der Gläubiger verlangen, ober minbeſtens in beſtimmten Friſten hoffen kann. Die konſolidirte Schuld beſteht vielmehr lediglich in der Verpflichtung, den Gläubigern eine jährliche Rente zu bezahlen, ohne irgend eine Zuſicherung der Rückerſtattung des empfangenen Kapitals, jedoch mit Vorbehalt der Kündigung von Seiten des Staats. — Die konſolidirte Schuld des Schatzes beſteht:

1) Aus 5pCt. Renten, urſprünglich entſtanden aus der Liquidation der alten Schuld durch das Geſetz vom 24. Frimaire des Jahres VI., ſeitdem durch eine Menge verſchiedener Geſetze vermehrt (durch die Zinsherabſetzung von 1852 beſeitgt);

2) aus 4½pCt. Renten, geſchaffen durch die (bis 1852 einzige) Zinsherabſetzung 5pCt. Renten, auf Veranlaſſung des Miniſters Villele, mittelſt Geſetzes vom 1. Mai 1825; ſo wie durch die Zinsherabſetzung von 1852;

3) aus 4pCt. Renten, die zu verſchiedenen Zeiten als außerordentliche Deckungsmittel geſchaffen ſind;

4) aus 3pCt. Renten, welche entweder durch das Entſchädigungsgeſetz für die durch die Revolution vertriebenen Eigenthümer vom 27. April 1825, oder durch das ebengedachte Herabſetzungsgeſetz vom 1. Mai 1825, oder durch die Anlehen vom 25. Juni 1841 und 8. Auguſt 1847 wegen Ausführung außerordentlicher Staatsbauten, — entſtanden ſind;

5) aus den zur Sicherheitsleiſtung für ſtaatliche Zwecke von Angeſtellten eingezahlten Kapitalien (Cautionnemens);

6) aus den Ruheſtandsbezügen (Pensions) von Beamten der bürgerlichen und geiſtlichen Verwaltung, des Militärs und der Donatäre.

Die Rentenbezahlung geſchieht halbjährlich und zwar am 22. März und 22. September der 5 pCt. 4½ und 3pCt.; am 22. Juni und 22. December der 4pCt. Die 5pCt. Renten, konſolidirt mittelſt der Geſetze vom 24. Auguſt 1793 und 30. September 1797, haben am Schluſſe dieſer Liquidation die Summe von 41,717607 Franken oder in Kapital 834,352140 Frk. erreicht. Dies iſt der kleine und einzige Ueberreſt einer Staatsſchuld von jährlich 175 Millionen Franken, deren Bankerott ſich hinter jener ungenügenden Entſchädigung zu verſtecken ſuchte. Unter dem Konſulat und dem erſten Kaiſerreich ſtieg dieſe Schuld im Verhältniß zu den damaligen Bedürfniſſen der Staatsverwaltung nur wenig; denn sie war am 1. April 1814 nur 63,307637 Frkn. Renten oder 1266,152740 Frkn. Kapital, mithin nur um 431,800600 Frkn. oder 51,62 pCt. gewachsen. — Die Restauration mußte dafür bezahlen, daß der Kaiserstaat theilweise auf Kosten des Auslandes gelebt hatte und daher insbesondere kam eine ungewöhnlich hohe Steigerung der Schuld bis 1830, wo sie am 1. Januar (ungeachtet der inzwischen erfolgten Konversion und regelmäßigen Tilgung) 163,857078 Frk. oder 3277,141560 Frk. Kapital betrug. Dies ist 2010,988820 Frk. oder 159 pCt. mehr als 1814 und 2442,789420 Frk. oder 293 pCt. mehr als 1797. — Am 1. Januar 1848 war der Betrag dieser 5pCt. Rente 146,749,591 Frk., was einem Kapitalbetrage von 2934,991820 Frk. entspricht; mithin die Abnahme dieses Theils der Schuld seit 1830 auf 342,149740 Frk. oder 10,44 pCt. stellt.

Die 4½pCt. Renten machten am 1. Januar 1830 einen Betrag von 1,029237 Frk. oder 21,728337 Frk. Kapital aus; am 1. Januar 1848 betrugen sie 1,026600 d. i. 21,672666 Frk. Kapital; was eine Verringerung von 55671 Frk. ist. Bis zum Jahre 1830 gab es keine 4pCt. Renten; ihr Betrag am 1. Januar 1848 war 26,507375 Frk. oder 596,415937 Frk. Kapital.

An 3pCt. Renten gab es am 1. Januar 1830: 39,810144 Frk. = 995,253600 Frk. Kapital; am 1. Januar 1848 dagegen 66,525399 Frk., was ein Kapital von 1663,134975 Frk. und eine Vermehrung von 667,881375 Frk. oder 67 pCt. ausmacht.

Faßt man alle Klassen der Renten zusammen, so ergibt sich Folgendes:

| | Bestand. | Vermehrung. |
|---|---|---|
| Am 1. April 1814 . . . . . | 63,307637 | — |
| Vom 1. April 1814—31. Juli 1830 (nach Abzug der Rückzahlungen) | — | 136,109571 |
| Am 31. Juli 1830 . . . . . | 199,417208 | — |
| Vom 1. August 1830 bis 23. Februar 1848 (nach Abzug der Rückzahlungen) . . . . . | — | 44,869998 |
| Am 23. Februar 1848 . . . . | 244,287206 | — |

Stellt man nun die Schuldkapitale am Schlusse der drei Zeitabschnitte zusammen, so ergibt sich Folgendes (Alles den Originaldokumenten entnommen): Beim Beginn der Jahre in Franken.

|  | 1830 | 1848 | 1853 (annähernd) |
|---|---|---|---|
| 1. Kapital der 5pCt. Renten | 3277,141560 | 2934,991280 |  |
| 2. Kapital der 4½pCt. Renten | 21,728337 | 24,672666 | 3347,370326 |
| 3. Kapital der 4pCt. Renten | nicht vorhanden | 596,415937 | 53,367998 |
| 4. Kapital der 3pCt. Renten . | 995,253600 | 1663,134975 | 1612,399700 |
| 5. Kapital der Anleihen für Kanäle und sonstige öffentliche Anlagen (in den Jahren 1821 und 1822) . . . . | 116,991954 | 95,825100 | 78,442330 |
| 6. Kapital der Kautionen . . | 226,483973 | 235,685632 | 140,000000 |
| 7. Kapital der vorübergehenden Renten . . . . . . . | 145,438280 | 44,944840 | 40,400000 |
| 8. Kapital b. schwebenden Schuld | 230.738233 | 876,758100 | 780,000000 |
| Zusammen . . | 5013,775937 | 6469,429070 | 6051,980354 |
| (wovon im Besitze des Tilgungsfonds) . . . . . . | 1121,418000 | 1536,324000 |  |
| oder auf 1 Kopf der Bevölkerung im Durchschnitt Franken . | 156 | 182 | 169 |
| beträgt in Gulden rhein. . | 72. fl. 48 kr. | 84 fl. 56 kr. | 78 fl. 52 kr. |
| desgl. in Thaler Kour. . . | 41Thlr.18Sg. | 48Thlr.16Sg. | 45 Thlr. 2Sgr. |
| (Nach Absatz der vom Tilgungsfonds bereits erworbenen Renten aber nur . . | 121 Franken. | 139 Franken.) |  |
| Der jährliche Aufwand auf die Staatsschuld beläuft sich (nach den Rechnungen von 1829 und 1847 und nach dem Voranschlage für 1853, weil im Jahre 1852 die Rentenherabsetzung stattfand, jedoch mit einem Zuschlage wegen der höheren schwebenden Schuld) auf . . . . . | 266,150545 | 338,316299 | 336,000000 |
| oder auf 1 Kopf . . . . | 8,30 | 9,54 | 9,35 |

(Die Ersparung durch die Rentenherabsetzung wird in der Wirklichkeit noch geringer sein, als sie schon hier erscheint, wenn man die ansehnlichen Summen abrechnet, welche öffentliche Anstalten, Gemeinden u. s. w. aus den Fonds beziehen. Da ihr in den Fonds angelegtes Eigenthum künftig weniger erträgt, müssen Staat oder Steuerpflichtige den Ausfall decken.)

Die Pensionen aller Art, Dotationen, Bürgschaften und ähnliche Leistungen und Lasten, welche nach französischem System zur Staatsschuld gerechnet werden, sind hier unberücksichtigt geblieben, um die Vergleichung mit der Staatsschuld anderer Staaten zu erleichtern.

Fragt der Leser, überrascht durch diese Zahlen, woher es kommt, daß (ungeachtet des bedeutenden Ausgabebedarfs seit 1848 und der deßhalb gemachten Anleihen, so wie, ungeachtet des Aufhörens der Tilgung seit 1848) das Kapital der Gesammtschuld bei Beginn des Kaiserthums geringer ist, als bei Aufhören des Königthums; — so ist die Erklärung folgende:

Ein rascher Rückblick auf die Geschichte der französischen Staatsschuld zeigt eine Reihe von Ungerechtigkeiten und Inkonsequenzen. Dabei verweile ich nicht bei der Schuldentilgungskasse unter Ludwig XV. seit Mai 1749 und ihren verschiedenen Nachfolgerinnen, weil die jetzige Form der Tilgung — nämlich der allmälige Rückkauf unter gewissen Voraussetzungen und Bedingungen — schon seit der Zeit des Konsulats an die Stelle der Rückzahlung getreten ist. Das Gesetz vom 6. Frimaire des Jahrs VIII. führte den Grundsatz des Rückkaufs mit steigender Dotation ein (d. h. das Verfahren, wonach die zurückgekauften Schuldpapiere nicht sofort vernichtet werden, sondern in das Eigenthum des Tilgungsfonds übergehen, dessen Dotirung durch die Einnahme von diesem erworbenen Vermögen entsprechend vermehrt wird) — und dieser Grundsatz ist bis auf die neueste Zeit in Frankreich festgehalten; obgleich übrigens vielfache Angriffe auf das sehr groß und deshalb sehr anlockend gewordene Vermögen und die Einnahmen des Tilgungsfonds, dessen ursprüngliche Natur und Bestimmung gänzlich verändert haben.

Das Grundgesetz der Tilgungskasse (Caisse d'Amortissement) vom 28. April 1816 macht diese Anstalt von der Staatsverwaltung unabhängig und stellt dieselbe lediglich unter die gesetzgebende Gewalt; die zurückgekauften Renten dürfen unter keinem Vorwande wieder in Umlauf gesetzt werden; die Vernichtung derselben aber kann nur auf Grund eines Gesetzes geschehen. Ein Gesetz vom 25. März 1817 bestimmte die jährliche Dotation der Tilgungskasse auf 40,000000 Frk. und überwies derselben zugleich die Erträge von Holzverkäufen, welche Letztere jedoch nur bis 1824 diese Bestimmung behielten.

Der erste Abschnitt der Geschichte der französischen Staatsschuld endet mit April 1825, indem ein Gesetz vom 1. Mai 1825 wesentliche Aenderungen einführte. Bis dahin (25. Mai) hatte die Tilgungskasse eine Einnahme von (rund) 599,649000 Frk. gehabt (nämlich 366,421000 durch die feste Dotation 87,586000 durch Holzverkäufe, 145,642000 durch die in Folge der Rentenrückkäufe ihr zuwachsenden Zinsen) und diese Einnahme war, bis auf 4,735000 Frk. für Kosten, zum Ankauf 5pCt. Renten verwendet. Die Gesammtsumme dieses Rückkaufs ist 37,070107 Frk., was, ein Vergleich mit den zum Ankauf verwandten Summen, einen mittleren Ankaufspreis von 80,15 Frk. herausstellt. Wenn man hiermit den Mittelpreis der binnen demselben Zeitraume gemachten neuen Anleihen (71,04) vergleicht, ergibt sich für den Staat ein Verlust von 67,542000 Frk. Die 5pCt. Rente aber war von 1816 bis 1825 von 56 auf 100 gestiegen.

Das Gesetz vom 1. Mai 1825 (zweiter Geschichtsabschnitt bis 31. Juli 1830) bestimmte deshalb, daß die Tilgung nur bei solchen Fonds eintreten dürfe, die nicht über Pari ständen. Diese Vorschrift entzog die 5pCt. Renten von da ab der Tilgung gänzlich; auch die durch die Rentenherabsetzung von 1825 geschaffenen 4½pCt., sowie sogar die 4pCt Renten, wurden von der Tilgung kaum mehr berührt, weil ihr Kurs fast immer über 100 blieb. Die auf die Schuldentilgung verwendete Summe war 406,405000 Frk. von den Einnahmen des Tilgungsfonds, welche bis zum 31. Juli 1830: 406,808000 Frk. betrugen. Jene Summe wurde deshalb eigentlich nur dem Rückkauf der 3pCt. Rente zugewendet, deren mittler Ankaufspreis in dem fraglichen Zeitraume 72,73 Frk war. — Ein Gesetz vom 10. Juni 1833 (dritter Geschichtsabschnitt vom 31. Juli 1830 bis 30. Juni 1833) regelte nicht nur das Antheilverhältniß der einzelnen Rentenklassen an der Wirksamkeit des Tilgungsfonds, sondern bestimmte auch, daß in Zukunft jedes Anlehn mit einem 1pCt. Tilgungsfonds versehen werden solle. Andere Gesetze vom 27. und 28. Mai 1833 durchlöcherten die Gesetzgebung von 1816, indem sie die Vernichtung von 32,000000 5pCt. Renten, von den in dem Vermögen des Tilgungsfonds damals befindlichen 45,184000 Frk. dieses Papiers, anordneten. Diese Gesetze bilden den Anfang einer Systemänderung, welche theils aus der Ueberzeugung hervorging, daß die Ansprüche des Tilgungsfonds an die Staatskasse (durch die anwachsenden Zinsen) zu einer drückenden Last geworden seien; anderntheils durch steigende finanzielle Verlegenheiten herbeigeführt wurde. Der Tilgungsfonds besaß am 1. Juli 1833 eine Jahreseinnahme von 62,978000 Frk., wovon 44,616000 auf die feste Dotation kamen. — Der vierte Geschichtsabschnitt der französischen Staatsschuld (vom 1. Juli 1833 bis 31. Dezbr. 1847) zeichnet sich durch eine umfassende Ausbeutung und Anwendung der Gesetze von 1833 aus. Bei jeder Finanzverlegenheit mußte der Tilgungsfonds aushelfen; so bei Deckung der immerwährenden Defizit; zur Ausführung des Gesetzes vom 17. Mai 1837 über die öffentlichen Arbeiten; zur Bestreitung der Kosten der Thiers'schen Kriegsrüstungen (Gesetz vom 25. Juni 1841); zur Verwirklichung des Gesetzes über den Eisenbahnbau vom 11. Juni 1842 u. s. w. Das gewöhnliche Mittel dazu war, daß man gegen Schatzanweisungen den Bedarf von der Tilgungskasse lieh und dann dieser Kasse dadurch Rückzahlung leistete, daß jene Schatzscheine in Renten verwandelt wurden. Das war nun freilich eine jener höchst sinnreichen finanziellen Erfindungen, woran die Regierungszeit des Hauses Orleans so reich ist; allein Gesetz und Zweck des Tilgungsfonds wurden dabei gänzlich aus den Augen gesetzt, denn dieser Fonds diente jener Regierung nicht zum Schuldenabtrag, sondern zur Schuldenvermehrung. Da man über das Vermögen des Tilgungsfonds so ungehindert verfügen konnte, trug man kein Bedenken, der Vorschrift des Gesetzes vom 10. Juni 1833 entsprechend, jede neue Rentenausgabe mit 1pCt. Tilgungsfonds auszurüsten. So kam es, daß vom 1. Juli 1833 bis 31. Dezember 1847 die Tilgungskasse die riesige Gesammt-Einnahme von 1265,648000 Frk. hatte, jedoch konnten (wegen des Kurses über Pari) zum Rückkauf von Renten nur 354,884000 Frk. verwendet werden, wovon 344,138000 allein auf die 3pCt. und zwar zum Mittelpreise von 80,25 Frk.; der Rest von 910,764000 Frk. wurde zu sonstigen laufenden Ausgaben verwendet und dann in neue Renten verwandelt.

Beim Anfang des fünften Geschichtsabschnitts der französischen Staatsschuld am 1. Januar 1848, bestanden die Mittel der Tilgungskasse aus 155,097000 Frk. wie folgt zusammengesetzt:

1. Feste Jahresdotation . . . . . . . . 48,887000
2. Einnahme durch die angekauften Renten 31,678000
3. Einnahme durch die aus den neuen Rentenschaffungen erwachsenen Ansprüche . . 33,906000
4. Noch nicht umgewandelte Schatzanweisungen 40,626000
5. Baarvorrath . . . . . . . . . . . 524

Daß der eigentliche Zweck des Tilgungfonds zur Nebensache geworden war, ergibt sich schon aus einer Vergleichung dieser Ziffern.

Eine neue Verletzung der alten gesetzlichen Bestimmung, nämlich die Aufhebung der Ueberwachungs-Kommission für die Schuldentilgung durch Dekret vom 25. März 1848, wurde durch das Gesetz vom 25. Oktober 1848 wieder beseitigt. Auch eine Beschränkung der Rentenankäufe auf die im Besitze der Sparkassen befindlichen Renten, geschah von Seiten der republikanischen Regierung. Dann erfolgte die Einziehung des Vermögens der Sparkassen gegen Staatsschuldpapiere mittelst Gesetzes vom 14. Juli 1848 und damit hörte die Wirksamkeit der Tilgungskasse gänzlich auf.

Eine ministerielle Verfügung (später von der konstituirenden Versammlung gebilligt), verwandelte die bisher von der Staatskasse an die Schuldentilgungskasse gesetzlich zu leistenden Baarzahlungen in die Einlage von Schatzanweisungen. Ein Gesetz vom 4. Dezember 1849 beraubte die Tilgungskasse aller ihrer Renten — (mit Ausnahme von 4,308000 Frk. 5 pCt., welche der Bank für ein Darlehen von 75 Mill. Frk. im Jahr 1848 verpfändet waren und erst im Jahr 1852 eingezogen wurden) — bestehend aus:

|  | Rentenbetrag in Franken. | Kapital nach dem Tageskurse. |
|---|---|---|
| 5pCt. | 8,232978 | 156,426582 |
| 4½pCt. | 131298 | 2,480073 |
| 4pCt. | 16,100253 | 305,904817 |
| 3pCt. | 50,599164 | 978,250504 |

Zusammen Kapital 1443,061966

Gleichzeitig mit der Enteignung des Vermögens des Tilgungsfonds, wurden auch dessen übrige Hülfsquellen zu den Einnahmen der Staatskasse geschlagen.

Als Ausfluß einer, unter den dargelegten Verhältnissen allerdings eigenthümlichen und bemerkenswerthen, Gewissensregung, muß man die Aufrechterhaltung des Verfahrens betrachten, wonach man fortwährend dem Tilgungsfonds für jede entzogene Einnahme neue Renten zuschreibt. Auf diese Weise vermehrt sich zwar auf dem Papiere die Last des Staats ziemlich rasch, allein gleichzeitig nimmt, durch diesen Vorrath von verfügbaren Renten, die Leichtigkeit des neuen Schuldenmachens zu, und die letztere Rücksicht ist allerdings heute zu Tage besonderer Berücksichtigung werth. —

Nach diesem kurzen geschichtlichen Ueberblick werden die kleineren Ziffern der Schuldenzusammenstellung für 1853 kaum mehr Erstaunen erregen. Denn, abgesehen von den Geschäften mit der Bank von Frankreich, welche dahin geführt haben, die in den Budgets vor Augen kommenden Verpflichtungen des Staats, gegen Uebernahme anderer Zugeständnisse zu verringern und abgesehen von den Einnahmen, welche die Republik durch außergewöhnliche Abnutzung ihrer Domänen und Forsten, sowie durch Einziehung von Ausständen u. s. w. sich verschafft hat; — sind nahe an 100,000000 Renten (1500 bis 2000,000000 Kapital) aus dem Schuldbuche verschwunden, durch Vernichtung des Vermögens des Tilgungsfonds. Allerdings hat auch die Rentenherabsetzung im Jahre 1852 dahin gewirkt.

Das Bedenkliche dabei aber ist, daß die Verminderung an der konsolidirten Schuld stattfand, während die schwebende Schuld mit jedem Jahre zunahm und jetzt eine sehr gefahrdrohende Höhe erreicht hat. Erinnert man sich daneben noch der Verbindlichkeiten, welche der Staat hinsichtlich einer Anzahl neuer (an sich höchst wohlthätiger) Anstalten, z. B. der Bank für den Grundkredit, eingegangen ist, so muß man die baldigste Verminderung der schwebenden Schuld, so wie die Herstellung der Wirksamkeit des Tilgungsfonds, für unerläßlich halten. Die Besorgniß eines Krieges schon würde dieses künstlich gestützte Gebäude erschüttern, ein wirklicher Krieg aber es gänzlich zusammenstürzen machen. Dies ist die beste, vielleicht die einzige Gewähr des Friedens.

Verfolgen wir den letzten Satz noch etwas weiter, um einige Nutzanwendungen daraus zu ziehen. Diese werden sich am klarsten machen lassen, wenn ich dieselben meiner Gewohnheit nach an eine kleine statistische Vergleichungstafel knüpfe.

| | 1830 | 1848 | 1852 |
|---|---|---|---|

### 5% Renten.

| | Franken. | Franken. | Franken. |
|---|---|---|---|
| Betrag der Renten . . . . | 163,857078 | 146,749591 | |
| Kapital zum Grund-Kurse von 100 . . . . . . . | 3277,141560 | 2934,991820 | |
| Kapital zum höchsten und niebrigsten Kurse von (1830 und 1848) . . . . | 3599,284575 (109,83 Febr.) 2769,184618 (84,50 Dez.) | 3447,147892 (117,45 Jan.) 1467,495910 (50,00 April) | nit mehr vorhanden. |
| Kapital-Unterschied zwischen dem höchsten und niebrigsten Kurse . . . . . | 830,099957 | 1979,651962 | |
| ob. in Prozenten ausgedrückt | ÷ 23,06 | ÷ 57,42 | |
| Kapital-Berluft gegen den Grund-Kurs . . . . . | 507,956942 | 1467,495910 | |
| ober in Prozenten . . . . | ÷ 15,50 | ÷ 50,00 | |

### 4½% Renten.

| | | | |
|---|---|---|---|
| Betrag der Renten . . . | 1,029237 | 1,026600 | 158,559647 |
| Kapital zum Grund-Kurse von 95 . . . . . . | 21,728337 | 21,672666 | 3347,370326 |
| Kapital zum höchsten und niebrigsten Kurse von (1830, 1848 und 1852) . | 23,778090 (103,00 Jan.) 17,382669 (76,00 Dez.) | 23,725866 (104,00 Jan.) 11,178533 (49,00 April) | 3206,428417 (91,00 Jan.) 3717,342835 (105,50 Dez.) |
| Kapital-Unterschied zw. dem höchsten u. niebrigst. Kurse | 6,395421 | 12,547333 | 510,914418 |
| ob. in Prozenten ausgedrückt | ÷ 22,69 | ÷ 52,88 | + 15,93 |
| Kapital-Berluft ob. Gewinn gegen den Grund-Kurs . | 4,345668 | 10,494133 | 369,972509 |
| ober in Prozenten . . . | ÷ 20,00 | ÷ 48,42 | + 11,05 |

### 4% Renten.

| | | | |
|---|---|---|---|
| Betrag der Renten . . . | — — — | 26,507375 | 2,371911 |
| Kapital zum Grund-Kurse von 90 . . . . . . | — — — | 596,415937 | 53,367998 |
| Kapital z. höchsten u. niebr. Kurse von (1848 und 1852) | — — — — — — | 662,684375 (100,00 Jan.) 304,834812 (46,00 April) | 48,624176 (82,00 Jan.) 58,408308 (98,50 Dez.) |

|  | 1830 | 1848 | 1852 |
|---|---|---|---|
|  |  | 4% Renten. |  |
|  | Franken. | Franken. | Franken. |
| Kapital-Unterſchied zw. dem höchſten u. niebrigſt. Kurſe | — — — | 357,849563 | 9,784132 |
| ober in Prozenten . . . | — — — | ÷ 54,00 | + 20,12 |
| Kapital-Berluſt ob. Gewinn gegen ben Grund-Kurs . | — — — | 291,581125 | 5,040310 |
| ober in Prozenten . . . . | — — — | ÷ 48,88 | + 9,44 |
|  |  | 3% Renten. |  |
| Betrag der Renten . . . | 39,810144 | 66,525399 | 64,495988 |
| Kapital zum Grund-Kurſe von 75 . . . . . . . | 995,253600 | 1663,134975 | 1612,399700 |
| Kapital zum höchſten und niebrigſten Kurſe von (1830, 1848 unb 1852) . . | 1132,598597 (85,35 Jan.) | 1674,222541 (75,50 Jan.) | 1504,906387 (70,00 Jan.) |
|  | 729,852640 (55,00 Dez.) | 720,691822 (32,50 April) | 1761,250339 (82,00 Dez.) |
| Kapital-Unterſchieb zwiſchen bem höchſten und niebrigſten Kurſe . . . . . | 402,745957 | 953,530719 | 256,343952 |
| ober in Prozenten . . . . | ÷ 35,56 | ÷ 56,95 | + 17,03 |
| Kapital-Berluſt ob. Gewinn gegen ben Grund-Kurs . | 265,400960 | 942,443153 | 148,850639 |
| ober in Prozenten . . . . | ÷ 26,66 | ÷ 56,66 | + 9,23 |
|  |  | Zuſammen. |  |
| 1) Kapital zum Grund-Kurſe | 4294,123497 | 5216,215398 | 5013,138024 |
| 2) Kapital zum höchſten Kurſe | 4755,661262 (Januar) | 5807,780674 (Januar) | 5537,001482 (Dezember) |
| 3) Kapital zum niebrigſten Kurſe | 3516,419927 (Dezember) | 2504,201077 (April) | 4759,958960 (Januar) |
| 4) Kapital-Unterſchieb zwiſchen bem höchſten und niebrigſten Kurſe . . . | 1239,241335 | 3303,579597 (Berluſt, als Folge ber Revolution.) | 777,042502 (Gewinn, als Folge bes Staatsſtreichs) |
| 5) ober in Prozenten ausgebrückt . . . . . . . | ÷ 26,06 | ÷ 56,88 (Desgleichen.) | + 16,32 |
| 6) Kapital-Berluſt oder Gewinn gegen ben Grund-Kurs . . . . . | 777,703570 | 2712,014321 (Desgleichen.) | 523,863458 |
| ober in Prozenten ausgebrückt . . . . . . . . | ÷ 18,11 | ÷ 51,99 | + 10,45 (Desgleichen) |

Der regelmäßige Zinsfuß scheint auch in Frankreich 5 Prozent zu sein, nach welchem Maßstabe neuerlich die fünfprozentige Rente zurückbezahlt wurde; obgleich der Zinsfuß, den der Grundbesitzer bisher erlegen mußte, gewöhnlich höher war und auf der andern Seite der Diskontosatz häufig bis zu 3 Prozent herabging. Sucht man hiernach einen Verhältnißkurs für die übrigen Rentenklassen, so würde man für die 4½prozentigen 90, für die 4prozentigen 80 und für die 3prozentigen 60 annehmen müssen. Indessen ist der durchschnittliche Stand dieser Papiere immer fast über jenen Verhältnißzahlen gewesen, weil dieselben Gegenstand lebhafterer Spekulation sind, namentlich die 3prozentigen, auf die außerdem die Ankäufe des Tilgungsfonds wirkten. Deshalb habe ich bei den obigen Berechnungen für diese Papiere die Verhältnißziffern erhöhen müssen und habe als Grundkurse für die 4½prozentigen Renten 95, für die 4prozentigen 90, für die 3prozentigen 75 ermittelt.

Man wird aus den Abschlüssen der obigen Tafel ohne Mühe entnehmen, welchen Einfluß die größten Ereignisse, welche Frankreich im letzten Vierteljahrhundert betroffen haben, auf den Kurs der Renten hatten, oder (was damit gleichbedeutend ist), welche Veränderungen sie im Vermögensbestande der Staatspapiereigenthümer, im Großen und Ganzen bewirkten. Man wird daraus erkennen, daß die Julirevolution die betreffenden Staatsgläubiger um mehr als ein Viertheil, die Februarrevolution um mehr als die Hälfte ihres Vermögens brachte; während der Staatsstreich vom Dezember 1851 und dessen Ausbildung bis zum Kaiserreich, aus den mancherlei Schwankungen nur ein Siebentheil Verlustüberschuß hervorgehen machte. Günstiger für die neueste Verfassungsform stellt die Börsenmeinung sich, wenn man die Grundkurse als Ausgangspunkte nimmt, indem dann bis zur dritten Woche des Kaiserthums der Gewinn des Vorbereitungsjahrs schon 10 pCt. war. Die Verluste, welche die früheren Umwälzungen herbeiführten, werden durch diese Berechnungsweise zwar ebenfalls vermindert, jedoch verhältnißmäßig nur unbedeutend und zwar 1830 auf fast ein Fünftheil und 1848 auf die Hälfte.

Ich wünsche dem Einwurfe zu begegnen, — daß in dieser zu Grundlegung der folgenreichsten und tief einwirkenden Ereignisse, eine Uebertreibung liege, die begreiflich auch meine Rechnungsergebnisse treffen würde. Nun dürfte zwar nicht schwierig sein darzulegen, daß jedes folgende Ereigniß eine verhältniß= mäßig größere Einwirkung ausüben muß, als die Vorherge= gangenen; schon deshalb weil die umlaufende Werthpapier-Summe eine unverhältnißmäßig große Vermehrung erfahren hat und weil die maßlose und unvernünftige Spekulation eine unverhältnißmäßige Steigerung der Nennwerthe herbeigeführt hat. Auch habe ich bei meinen Betrachtungen demnächstige europäische und nicht allein französische Ereignisse vor Augen. Nun wird aber Nie= mand behaupten, daß z. B. ein europäischer Krieg, einen ge= ringeren Einfluß auf den Nennwerth der Börsenpapiere äußern werde, als die auf die Grenzen Frankreichs beschränkten Umwälzun= gen, welche weder viel Blut gekostet haben, noch ihrer Natur nach viel Geld hätten erfordern sollen. Ferner wird Niemand leugnen können, daß bei einem europäischen Kriege, außer den Vermögens= verlusten, (welche wie bei den Revolutionen vorkommen würden,) noch die Kriegskosten einen sehr erheblichen Verlustposten bilden würden. Diese Kriegskostensumme müßte sogar ihren eigentlichen Bedarf bei weitem übersteigen, weil der allenthalben Statt findende Mangel an bereiten Geldmitteln zum Kriegführen, zu Kredit= maßregeln nöthigen würde, die in einer Zeit allgemeinen Miß= kredits das Geld zur Kriegsführung sehr theuer machen dürften; — wenn es dann überhaupt ohne Gewaltmaßregeln zu erlangen wäre.

Obgleich also hierdurch dem obigen Einwurf wohl schon hinläng= lich vorgebaut sein möchte, will ich doch noch einige Bemerkun= gen hinzufügen, über den Einfluß, welchen kleinere Ereig= nisse (als die Staatsformveränderungen) in Frankreich, auf den Nennwerth der Staatspapiere ausgeübt haben. Dabei vermeide ich, bis in die Zeit der ersten Republik, oder selbst in die ersten Jahre des früheren Kaiserreichs zurückzugehen; weil die Papiergeldwirthschaft und überhaupt die Börse damals noch bei weitem nicht den jetzigen Einfluß auf die Geschicke der Staaten erlangt hatte.

Im Jahre 1807 stand zur Zeit der napoleonischen Siege im Frühling, die französische 5pCt. Rente zu 70,75; nach dem Frieden von Tilsit (7/9 Juli) stieg sie im August bis auf 93,40; was der höchste Kurs war, den sie gehabt hatte. Das sind die Börsen= Wirkungen, selbst eines siegreichen Feldzuges auf der einen und der Friedensbotschaft auf der andern Seite.

Im Februar 1812, zur Zeit der höchsten Macht Napoleons, hatte die 5pCt. Rente sich mühesam wieder bis 83,60 empor gearbeitet; sie fiel auf 76,50 im Dezember desselben Jahrs, obgleich des Kaisers persönliche Anwesenheit in Paris, den Untergang des größten Heeres der Neuzeit in den Hintergrund treten machte und die Hoffnungen aufrichtete; sie war im Dezember 1813, nachdem die Zurückweisung der Vorschläge Napoleons die Aussichten einer friedlichen Lösung vernichtet hatten, bis auf 47,50 gesunken. Die Staatsgläubiger Frankreichs hatten damals fast die Hälfte ihres Vermögens verloren.

Nachdem der Kongreß von Verona (in der Zirkular-Depesche vom 14. Dezember 1822) die Intervention in Spanien erklärt hatte und die Ausführung dieses Beschlusses von der französischen Regierung übernommen war, fielen die 5pCt. Renten, — welche im September 1822 auf 95 und im November noch 85 standen — im Januar 1823 (durch den Einfluß der kriegerischen Thronrede vom 28. d. M.) auf 75,50; also binnen vier Monaten um 20 Prozent. Im August 1823, als der Frieden durch das Vordringen der Franzosen bis Kadix gesichert war, hoben sich die 5pCt. wieder auf 93,65.

Im März 1825, wo die Aussichten auf friedliche Lösung der orientalischen Frage keinem Zweifel unterworfen schienen, hatten die 5pCt. Renten den höchsten bis dahin erlebten Stand, nämlich 106,25; während sie im November auf 90,50 zurückgingen, weil damals die griechische Regierung die Hülfe Englands angerufen hatte und dessen bezeigte Geneigtheit einen allgemeinen Kampf besorgen ließ.

Am 12. Januar 1830 wurde dem Hause Rothschild ein 4pCt. Anlehen zum Kurse von 102,7 zugeschlagen (die 5pCt. standen damals 109, die 3pCt. 85); bis Dezember desselben Jahrs aber waren die 5pCt. zu 84,50, die 3pCt. zu 55 herabgekommen; im April 1831, als ein auswärtiger Krieg unvermeidlich schien, sanken sie sogar auf 74,80 und beziehungsweise 46.

Kaum hatte die Befestigung der innern Ruhe in der letzten Hälfte des Jahrs 1831 die 5pCt. Renten wieder zum Steigen gebracht, als die innern Aufstände im Anfange 1832 abermals einen Rückgang bewirkten, der erst von der Mitte dieses Jahrs an sich wieder in Steigerung verwandelte.

Im Juli 1840, bevor der Vierbundvertrag zu London (welcher Frankreich von der Entscheidung über die orientalische Frage ausschloß) bekannt geworden war, stand die 5pCt. Rente 119,40, die 3pCt. 83,65; nachdem aber die Kunde davon verbreitet worden und ein Krieg Frankreichs gegen Viele wahrscheinlich schien, fielen die 5pCt. bis auf 100,30, die 3pCt. auf 65,90. Das waren 19 und beziehungsweise 18 pCt. Rückgang binnen zwei Monaten, lediglich wegen der Wahrscheinlichkeit eines Krieges. Kaum war die Fortdauer des Friedens gesichert, so begann aufs Neue das Steigen der Renten, welche dann bis 1847 unter 116 und beziehungsweise 76 nicht wieder herabgegangen sind.

Schon im Laufe des Jahrs 1847 hatten die (aus den in einigen Theilen Europa's entstandenen Unruhen erwachsenen) Besorgnisse einer Friedensstörung, die 5pCt. Renten von 119 auf 113,35; die 3pCt. von 80,30 auf 74,65 herabgedrückt. Dennoch war die Hoffnung auf Erhaltung des europäischen Friedens noch so fest begründet, daß das Rothschildsche 3pCt. Anlehen der französischen Regierung im November 1847 zu 75,25 abgeschlossen wurde. Bis Anfang Februar 1848 war die 5pCt. Rente sogar auf 117,45 in die Höhe gebracht; aber im April 1848 stand sie 50, mithin waren binnen etwa zwei Monaten 67 pCt. verloren gegangen.

Die französische Rente hat also eine sehr belehrende eigene Geschichte; sie ist zugleich ein getreues Echo der Ereignisse, die Frankreich berührten und ein Memorandum für die großen Sprünge, welche seit einem halben Jahrhundert die s. g. öffentliche Meinung in Frankreich gemacht hat. Unter der ersten Republik konnte die französische 5pCt. Rente sich zu 50pCt. nicht heran arbeiten, sie stand aber sogar Jahre lang unter 10 pCt. Die Errichtung des Kaiserreichs hob im Jahre 1804 ihren Kurs zwar bis 60 pCt., allein die Börse liebt die Ruhe mehr als den Ruhm und darum haben alle Siege des Kaisers, sammt dessen zweifelhaften Friedensschlüssen, die 5pCt. Rente nicht auf 94 pCt. bringen können. Der Friedensliebe der älteren Bourbonen gelang dieses sehr leicht; damals war der Ruhestand entschieden in den Vordergrund getreten und die Ruhmlust schlummerte; die 5pCt. aber lebten auf und verstiegen sich bis 110,65. Dem Könige Ludwig Philipp schenkte die Börse noch mehr Vertrauen, weil er sie kannte und zu behandeln verstand. Auch hatte man sich allmälig daran gewöhnt, daß die Gewitter, welche drohend über Europa hinzogen, sich mit dem Wetterleuchten begnügten, oder höchstens durch einen kal=ten Schlag schreckten. Die Politik der damaligen französischen Re=gierung hatte sich als ein so vortrefflicher Blitzableiter bewährt. Kurz, die Börse war dafür dankbar, denn unter dem Julikönigthum ging die 5pCt. Rente bis 126,30; die 3pCt. bis 86,40 in die Höhe. Damit war aber das behagliche Börsenleben zu Ende. Die zweite Republik hat nur die Zuneigung der wilden Spekulanten, nicht das Vertrauen der soliden Börsenmänner gewinnen können; die Rente blieb unter Pari. Erst der neue Kaiser scheint der Börse die nöthige Gewähr zu bieten, denn die 5pCt. Renten, welche vor dem Staatsstreich mühesam bis 92 hinauf krochen, sind gegen 4½ pCt. ausgewechselt die jetzt 106 stehen; die 3pCt. aber, damals unter 57 sich bewegend, sind jetzt zu 82 gesucht.

In welchen Thatsachen liegt diese Gewähr hoher Bör=senkurse, oder was damit gleichbedeutend ist der innern Ruhe und des äußeren Friedens? Für die innere Ruhe (so philosophirt die Börse) bürgt die Kunst, mit welcher der neue Kaiser das fran=zösische Volk zu behandeln versteht; seine Behandlungsweise fesselt, freiwillig und unwillkürlich, Interessen und Personen viel umfang=reicher und bei weitem enger an den neuen Thron, als jemals an irgend einen der früheren Regierungsversuche. Für den äußeren Frieden aber bürgt die Unmöglichkeit, einen Krieg ohne bereite Geldmittel zu führen und die fernere Unmöglichkeit, zu einem euro=päischen Kriege die erforderlichen Geldmittel zu erlangen; — immer den (nicht wahrscheinlichen) Fall ausgenommen, daß Frankreich angegriffen würde, wo dann allerdings, bei der bekannten Vater=landsliebe und Aufopferungsfähigkeit der Franzosen, es weder an Vertheidigern noch an Geld fehlen würde.

Welche wahrscheinliche Folgen würde es haben, wenn der neue Kaiser der Franzosen einen Angriffskampf versuchte, aus welchem begreiflich sofort ein europäischer Krieg werden würde. Er bedürfte dann zur Kriegsführung einer Heeres= und Flottenver=stärkung die (nach früheren Vorgängen geschätzt) für das erste Jahr des Krieges eine Ausgabe=Vermehrung um etwa 465 Millionen Franken veranlassen würde. Da ein bedeutendes fort=laufendes Defizit und eine schwebende Schuld von über 700 Millionen vorhanden sind, so könnte jener Mehrbedarf nur durch Renten=

ausgabe (d. h. also durch eine Anleihe) gedeckt werden. Ob sich
Abnehmer dazu finden würden, steht dahin; denn weder der Rückblick auf die Defizit und die schwebende Schuld, noch die Voraus-
sicht eines Krieges Aller gegen Frankreich, sind einladend. Jeden-
falls aber würden solche Renten, bei dringenden Kriegsaussichten
nur mit 20 pCt., nach ausgebrochenem Kriege nur mit 50 pCt.
Verlust, unterzubringen sein; — vielleicht sogar nur in Form einer
Zwanganleihe. Sollte Napoleon III. schon vergessen haben, daß
ganz besonders die 45 Centimen-Zwangsteuer die Zuneigung zur
Republik hat erkalten machen? Ich glaube es nicht und weil auf
andere Weise kein Geld zum Kriegführen anzuschaffen ist, so wird
wohl Frieden bleiben müssen. Allerdings ist nicht unmöglich, daß
irgend ein trauriges Ereigniß dennoch Frankreich dahin brächte, einen
europäischen Krieg zu veranlassen, dann wäre aber sein **Staats-**
**bankerott** unvermeidlich. Dies ergibt sich aus der vorenthaltenen
Darstellung mit solcher Gewißheit, daß ich wohl kaum noch die
Einnahmeausfälle zu erwähnen brauche, welche bekanntlich
gleich der Ausgabevermehrung, eine nothwendige Folge des Krieges
sind und also die aus demselben hervorgehenden finanziellen Verlegenheiten noch vermehren.

Aber die besorgliche Presse hat gesagt, daß — wenn auch
Napoleon III. gescheid genug sei, einzusehen, daß sein jetziges Regierungssystem von den übrigen Fürsten Europa's eben so wohlgefällig
aufgenommen sei, als etwanige kriegerische Gelüste allgemeinen Wi-
derstand finden würden — doch das französische Volk und das
französische Heer durch den neuen Kaiserthron in einen bedenklichen
Kriegsschwindel gelangen würden. Auch ich glaube an das
Vorhandensein einer Krankheitsform in Frankreich, die man Kai-
serschwindel nennen könnte, aber ich halte sie nicht für so ge-
fährlich, daß sie den Krieg über die Grenzen des Landes trüge.
Die öffentlichen, gewerblichen und gesellschaftlichen Verhältnisse haben
seit 1815 sich gewaltig verändert und mit ihnen die Ansichten der
Menschen. Der Werthpapier-Besitzer ist auch in Frankreich ein
Freund der Ruhe; selbst der eifrigste Spekulant darunter liebt nur
kleine Börsenaufregungen, die man zum „Verdienen" benutzen
kann, nicht aber Ereignisse, welche das halbe Vermögen auf das Spiel
setzen. Wer nun unter der politisch einflußreichen, unbewaffneten und
bewaffneten Bevölkerung Frankreichs ist nicht Spekulant oder Besitzer

von Werthpapieren?! — Wie weit jetzt schon die Demokratisirung der Geldpapiere, die Zersplitterung auch des beweglichen Vermögens, in alle Klassen des Volks vorgedrungen ist; läßt leider statistisch nur hinsichtlich eines Theils der ungeheueren Werth=papiermasse sich darlegen. Dies geschieht hinsichtlich der Renten in nachfolgender Tafel:

### 1830
#### Am 1. Januar:

| Zahl der Renten-Besitzer. | | vorhandener Renten-betrag in Frkn. | | auf 1 Kopf im Durchschnitt. |
|---|---|---|---|---|
| 5pCt. | 151427 | — | 163,857078 = | 1082,08 |
| 4½pCt. | 533 | — | 1,029237 = | 1931,02 |
| 3pCt. | 43610 | — | 39,810144 = | 912,86 |
| | 195570 | — | 204,696459 = | 1046,66 |

### 1848

| | | | | |
|---|---|---|---|---|
| 5pCt. | 243055 | — | 146,749591 = | 603,77 |
| 4½pCt. | 1545 | — | 1,026600 = | 664,46 |
| 4pCt. | 3817 | — | 26,507375 = | 6944,56 |
| 3pCt. | 43391 | — | 66,525399 = | 1533,16 |
| | 291808 | — | 240,808965 = | 825,23 |

### 1851

| | | | | |
|---|---|---|---|---|
| 5pCt. | 723428 | — | 180,451123 = | 249,44 |
| 4½pCt. | 1661 | — | 895302 = | 539,01 |
| 4pCt. | 3934 | — | 2,371911 = | 602,93 |
| 3pCt. | 94767 | — | 49,722646 = | 524,68 |
| | 823790 | — | 233,440982 = | 283,37 |

Die Zahl der Rentenbesitzer ist mithin bis zum 1. Januar 1851 (neuere Ausweise liegen nicht vor) seit dem 1. Januar 1848 um 532000 und seit dem 1. Januar 1830 um 628000 gestiegen. Für eine ähnliche fortschreitende Zertheilung der unzählbaren sonstigen Werthpapiere Frankreichs liegen gleichfalls unverdächtige Zeugnisse vor. Außer den Renten= und sonstigen Papier=Besitzern, gibt es aber noch eine sehr große Menge Franzosen, die man ihren Verhältnissen nach für friedliebend halten muß. Dahin rechne ich z. B. die Grundeigenthümer, deren Zahl durch die Zersplitterung des Bodens gleichfalls sehr zugenommen hat. Obgleich dieselben min=destens 8000,00000 Franken Hypothekenschulden besitzen, wo=

3*

von sie jährlich etwa 560,000000 Zinsen und Kosten bezahlen müssen, beträgt doch der Werth ihres Eigenthums mindestens 56000,000000 Franken. Eine Verschuldung von 14 bis 15 pCt. des Vermögens aber erweckt an und für sich keine verzweifelnde Kriegslust, sondern weit eher den Wunsch der Ersparung und die Abneigung gegen unnöthige Ausgaben.

Zu den friedliebenden Franzosen rechne ich ferner die Hypothekar-Gläubiger, was wohl keinen Widerspruch erregen dürfte. Endlich will ich von den verschiedenen sonstigen Klassen der (ihres Interesse wegen) friedliebenden Bevölkerung Frankreichs nur noch die Millionen bezeichnen, welche sich in neuester Zeit in solide und Schwindel-Unternehmungen aller Art eingelassen haben. Sie gehören offenbar hierher, denn wenn es auch genug „Baissiers" gibt, so glaube ich doch nicht, daß irgend ein Spekulant mit gesunder Vernunft absichtlich auf seinen eigenen Untergang losarbeiten wird.

Und hierdurch komme ich am Schluß dieser Skizze auf die Voraussetzung wieder zurück, von welcher ich im Vorwort ausging. Auf die Voraussetzung nämlich, daß Hoch- oder Niedrigstehende bei der Frage über einen europäischen Krieg und dessen Folgen (alle Leidenschaften aus dem Spiele lassend) die gesunde Vernunft als alleinigen Beurtheilungs-Maßstab anwenden werden.

Geschähe dieses dennoch nicht, — nun so ist der Staats-Bankerott die unausbleibliche Folge eines Schrittes, den selbst der mächtigste Monarch, vor Gott und vor den ihm anvertrauten Menschen schwerlich würde verantworten können.